KB110162

조저녁 이른 하늘에
별 하나가 반짝이면

초저녁 이른 하늘에 별 하나가 반짝이면

발행일	2021년 5월 7일		
지은이	이재학		
펴낸이	손형국		
펴낸곳	(주)북랩		
편집인	선일영	편집	정두철, 윤성아, 배진용, 김현아, 박준
디자인	이현수, 한수희, 김윤주, 허지혜	제작	박기성, 황동현, 구성우, 권태련
마케팅	김회란, 박진관		
출판등록	2004. 12. 1(제2012-000051호)		
주소	서울특별시 금천구 가산디지털 1로 168, 우림라이온스밸리 B동 B113~114호, C동 B101호		
홈페이지	www.book.co.kr		
전화번호	(02)2026-5777	팩스	(02)2026-5747
ISBN	979-11-6539-755-5 03810 (종이책)		979-11-6539-756-2 05810 (전자책)

(주)북랩 성공출판의 파트너

북랩 홈페이지와 패밀리 사이트에서 다양한 출판 솔루션을 만나 보세요!

홈페이지 book.co.kr • **블로그** blog.naver.com/essaybook • **출판문의** book@book.co.kr

작가 연락처 문의 ▸ ask.book.co.kr

작가의 연락처는 개인정보이므로 북랩에서 알려드릴 수가 없습니다.

이재학 시집

초저녁 이른 하늘에 별 하나가 반짝이면

북랩 book Lab

서두

초저녁
이른 하늘에
별 하나가 반짝이면…

봄비에 떨어진
꽃들의 주검 앞에서…

파란 하늘에
한 점 구름꽃이
바람에 쓸려 흩어져 가면…

함께 할 수 없어
한없이 가슴이 미어집니다.

그리움이란
두고 온 과거에
집착하는 것이 아니라
아직 함께하고 있는
현재진행형입니다.

서두

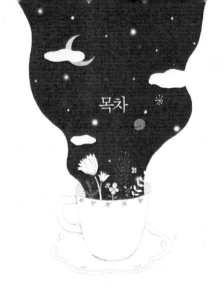

목차

1부

그 자리에 네가 있었으면 좋겠다

2부

봄, 그리고 여름

3부

가을

1부

그 자리에
네가 있었으면 좋겠다

그리워 그리는 그리움

그리움은 행복입니다
그 자리에 그대가 있어
이리도 꿋꿋이 견디어 냅니다

그리움은 고통입니다
견딜 수 없는 간절함은
아물지 않는 상처로 남았습니다

이 고통이
행복이란 걸 알면서도
눈시울이 젖는 것은
다가설 수 없는 까닭입니다

그 모습 그대로
그 자리에 머물러 있는 그대
그리움으로 다가설 수밖에 없어
그리고 또 그립니다

그리워 그리는 그리움

1부. 그 자리에 네가 있었으면 좋겠다

그리움

우리 서로가 그리워
예전으로 돌아가길 소원하지만
세월 앞에
닳아지고 무디어지고
상처뿐인 아쉬움만 남았다

깊어 가는 겨울밤에
밤늦도록 아픈 상처를 헤집고
내리사랑이
세상 이치라지만
낯간지러운 변명일 뿐
한숨으로 보듬어주던 그 목소리는
해가 갈수록 또렷하다

어찌하나
돌이킬 수 없는 것을
어찌해야 하나

달랠 수 없는 이 공허를

스스로 꾸짖는 목소리는

시간이 더해갈수록 혹독해지기만 한다

서툰 사랑

잘 지냈어?

그 많은 날들을
그리움으로 애태웠던 너였는데
첫마디 인사가 고작
잘 지냈어?

와락 끌어안고
말로는 표현할 수 없었던 속내를
가슴으로 전하고 싶었는데

별러왔던 만남
짧게만 느껴졌던 시간은 그렇게 지나갔다
눈빛만으로도
서로의 마음을 전하기엔 부족함이 없었지만
아쉬움이 남는 것은
널 두고 떠날 수 없었기에

기약할 수 없는 이별이었기에

서툴러서
너무도 서툴러서
그렇게 바라볼 수밖에 없는
내 그리운 사랑아

그리다

그대
어찌하여
여인이길 포기하셨나요

그대
어찌하여
지신을 버리셨나요

그대
미처 깨닫기도 전에
그리 서둘러 떠나야만 했나요

잊지 않겠습니다
목숨보다 소중한 것이
사랑이었다는 것을

놓아주지 않겠습니다

당신의 원망이
녹아 사그라질 때까지

당신을

내어놓지 않겠습니다

그리워하자

오랜만의 만남에서
세월의 빠름을 실감했고
인생이 길지 않다는 걸 느꼈을 땐
돌이킬 수 없다는 걸 깨달았다

한세상 살아가며
마음 한구석에 그리운 얼굴 하나 없다면
무슨 재미로 살아가나

그리워하면 그리워할수록
고통의 밤과 낮이 서로의 꼬리를 물더라도
여린 가슴에 굳은살이 박일 때까지

우리 서로 그리워하자

바보가 그리는 그림

시간 위에
지울 수 없는 덧칠할 수 없는
그림을 그려 나간다

거친 숨소리
질주하는 기관차
마치 그것이 본모습인 것처럼
후회할 줄 알면서도
모질게
지우고 싶은 그림을 그린다

때로는 어렴풋이
때로는 선명하게
서로를 그리면서
바보 아닌 바보처럼
바보 같은 그림을 그린다

1부. 그 자리에 네가 있었으면 좋겠다

소라게

고향 집
부엌 한쪽 구석에는
늘 참기름병이 놓여 있었다

본래부터 자신의 자리인 양
처음부터 참기름병이었던 것처럼
낯설지 않은 모습으로

친정을 가슴에 묻고
내색하지 않던 어머니의 모습처럼
제 집을 바꾸어
소라게처럼 살아가기가
편치만은 않았을 법한데

언제부터인가
소주병에 담긴 참기름이
본 모습인 것처럼

어릴 적 고향 기억의 한쪽에 자리 잡았다

1부. 그 자리에 네가 있었으면 좋겠다

내 그리움

눈을 뜨고
세상임을 느끼면서

내 그리움엔 실체가 없다
남겨진 것들에 대한 애처로움만이 남았을 뿐

아픔도 미움도 원망도 없다
그래서 내 그리움엔 욕심도 없다
내가 버티어 낼 수 있도록
내가 살아 낼 수 있도록
누구라도 범할 수 없는 성역으로
내 안에 가두어 버렸다

미루어 짐작으로
여백의 아쉬움으로
그리워 그리는 내 그리운 사람

내 그리움은 믿음보다 깊다

그런 나의 그리움엔 생명이 없다
내 그리움은 죽었다

핑계

심장에 비수가 박힌다 한들
골수에 스민 외로움만 할까
푸른 달빛은
앓아서 버텨내기가 버거운지 이미 오래
상처의 흔적은 계급장처럼 늘어만 간다

내 그리운 이들이 앞서 간 길
두려울 게 무엇이 있겠냐마는

돌아갈 것인지
나아갈 것인지
아직도
비우지 못하는 욕심이 문제인 게지

살다 보니

살다 보니

부의 축적이
행복의 척도가 아니듯
사랑 또한
다르지 않더라

결국 행복이란
미련을 남기지 않는 것

사랑보다
더 깊은 것이
그리움이란 걸 알기까지
난 너에게 미칠 수밖에 없었다

그렇게
너를 그리워하기로 했다

1부. 그 자리에 네가 있었으면 좋겠다

서로

서로

기울면 기우는 대로
삐걱대면 삐걱대는 대로
함께 하고 있지만
내가 네가 아닌 것처럼
네가 내가 아닌 것처럼

목 밑까지 차오르다
썰물 빠지듯 비어버리는
얕은 듯 깊고
깊은 듯 얕은

네 눈에 비친
내 모습은 네가 아니야
내 눈에 비친
네 모습은 내가 아니야

마주 보며 동행하는

수레바퀴 같은

그런

1부. 그 자리에 네가 있었으면 좋겠다

그대가 그리울 때면

그대를
그리는 것이
나의 몫이라면

그대가
잊히는 것은
하늘의 몫이랍니다

그대가 그리워
파란 하늘에
한 조각 그리움을 띄우면

하늘은
붉게 물든 저녁노을로
그대의 서쪽 하늘을 물들입니다

그대가 있어

그대는 꽃이랍니다
꽃을 보며 그대를 봅니다

그대는 별이랍니다
별을 보며 그대를 그립니다

그대는 세월이랍니다
그때를 그리며 나이를 잊었습니다

그대가 있어
날 위로할 수 있다면
그대가 있어
나와 동행할 수 있다면
그대가 있어
내가 자유로울 수 있다면

그대가 내 마음에 있어 참 다행입니다

1부. 그 자리에 네가 있었으면 좋겠다

안부

이렇게 불안한 날엔
하늘을 올려다봅니다
영겁의 간격 같은 지척
차마 허물지 못하는 경계의 막힌 숨통
밤새 뒤척이는 가슴앓이는
품어 달래지 못한 변명
그저 같은 하늘 아래
함께 살아 숨 쉴 수 있는 여지에 감사할 뿐

이렇게 불안한 날엔
하늘을 올려다봅니다

초저녁 이른 하늘에 ★ 하나가 반짝이면

안부

1부. 그 자리에 네가 있었으면 좋겠다

침묵

원망하는 나에게
용서하는 나

후회하는 나에게
다짐하는 나

질책하는 나에게
고개 숙인 나

하나에서 갈라진 둘
그 사이에서

닫아버린 입

그대의 자리

그대가
모든 기억을 잃는다 해도
난 그대 곁에 머무를 테요
잊을 수 없는 기억을 더듬어
하나하나 그대에게
어린나무를 심듯
우리 사랑을 다시 피워 낼 거요

이다음에 우리가
서로 기억하지 못하는 날이 오면
처음 우리가 만났던 날처럼
난 그대에게

또다시 사랑을 고백할 테요

한계

이별의 날이 오면
모두 내려놓을 욕심인데
끌어안고 이리도 연연하는 것은
무슨 까닭인 건지

사랑이
내 사랑이 아닌 것처럼
욕심도
내 욕심이 아니었더라면

살아가는 것이 아니라
살아내는 것이란 걸
이별하는 것이 아니라
스스로 떠나는 것이란 걸
알면서도

스쳐 지나가는 사랑처럼

스처 지나가는 세상인데
빈손으로 왔다가 빈손으로 가는 것이
왜 이리도 어려운 건지

1부. 그 자리에 네가 있었으면 좋겠다

천국이리라

죽음이 임박하면
숨이 멎을 것만 같았던 고통도
어느 한순간 연줄이 끊어지듯
고통은 육신을 떠난다

죽음
알 수 없는 저 너머의 세상
육신과의 인연을 끊어야 갈 수 있는 곳
고통의 끝에 찾아오는 그 안온한 얼굴은
아마도 그곳은 고통이 없는 천국이리라

스스로 위로하며 다독여 보지만
떨쳐낼 수 없는 자책의 그리움은
죽음보다 깊은 숨결을 토해낸다

너는

봄
여리면 여린 대로
여름
짙으면 짙은 대로
가을
물들면 물드는 대로
겨울
잠들면 잠든 대로

그런 그 모습대로
여전히 너는 예뻤다

회상

알면서도
행하지 못하는 것이
인생이더라
마음 가는 대로
따르지 못하는 것이
인생이더라

인연이란
잠시 머물다 떠나가는 것
상처도 미련도
스쳐 지나가는 바람일 뿐
어디 아프지 않은 사람 있겠는가

딱히
살아가는 이유가 있겠냐마는
그저 내놓기 부끄러운 마음 하나
빈 종이 한 장에 연필 한 자루면

그것으로 족하다

회상

1부. 그 자리에 네가 있었으면 좋겠다

여정

한세상 살아가는 것이
순탄치 않은 것은
강물 위를 떠가는 나뭇잎 같아서라
일렁이는 세파에 몸을 맡긴
그 고단함이야 어찌 말로 다 하겠냐마는
흐르는 물결에 실려 가다 보면
어딘가 닿는 곳이 있으리라
한낱 인간의 욕심이
강물을 거슬러 오르기를 갈망해 보지만
부질없는 짓
새벽을 알리는 닭 울음소리로
서둘러 보채어 본들
텅 비어버린 마음은 움직일 생각이 없네

알 수는 없지만

남은 건지
남겨진 건지
떠나는 건지
돌아가는 건지
남은 자와 떠나는 자
누가 누구를 위로해야 하는 건지
알 수는 없지만

남은 사람이나
떠나는 사람이나
서로에 대한 걱정뿐이더라

1부. 그 자리에 네가 있었으면 좋겠다

그냥

그리움은
세월도 비켜가더라
그만큼 했으면
잊힐 만도 하겠는데
이리도 사무치는 건 왜일까

세월로도 치유되지 않는 것이
그리움이라면
앓을 만큼 앓아도 낫지 않는 것이
그리움이라면
그냥 이대로 함께할 수밖에

그냥 그리워할 수밖에

그대는 내게

가진 것은 무엇이고
갖지 않은 것은 무엇인가

내 눈에
내 마음에
그리 보이고 그리 생각된다면
그런 것이오

내가 하늘을 보고
그대를 그리워하면
하늘은 내게 그대요

그런 것이오

그런 거지

감춘다고
잊히는 게 아닌데
눈 감는다고
잊히는 게 아닌데
사는 게 다 그런 거지 하면서도
전하고 싶은 말은 입가에 맴돌고
듣고 싶은 대답은 귓전을 간질인다
차라리 그대 앞에서
얼굴을 가리고
온몸을 불사르는 탈춤을 추고 싶다

울지 마라
울지 마라
어차피 사는 건 아픈 거란다
울지 마라
울지 마라
어차피 그 나중은 슬픈 거란다

너의 빈자리

내 마음의 한편
비워지지 않는 자리엔
여전히 그 모습 그대로 네가 있다

돌아올 수 없다는 걸 알면서도
비울 수 없는 건
아직도 너를 사랑하고 있다는 방증일 테지
이제 와 돌아온들
이제 와 비워본들
무슨 소용이 있겠냐마는
있는 듯 없는 듯 함께했던 세월
너의 빈자리는 그 자리가 제자리인 듯

내 마음 한편엔
이제는 없어서는 안 될 자리로
너의 빈자리가 있다

1부. 그 자리에 네가 있었으면 좋겠다

구름아 구름아

눈감으면 잊힐까
돌아서면 잊힐까
그리움으로 되새기며
숨죽이고 애태웠던 날들
이리도 힘겨울 줄 알았다면
첫눈에 그대를 담지 않았을 것을

이렇게 하늘이 푸른 날에는
한 점 구름으로
혹여나 그대 소식 전해올까
설레기만 하고

입가에 짓는
그 미소의 의미는
아마도 고이 접어 구름에 띄운
이 마음을 전한 까닭이겠지

함께 한다는 건

현실은
두 얼굴로 심장을 옥죄어 오지만
오로지 믿음 하나로 견디어 낸다

낡아 가는 것은
굽히지 않은 형벌의 대가

소원은 요원하고
이루지 못할지언정
너를 담은 마음에 후회는 없다

빈 소망

삼시 세끼
밥그릇 하나에 수저 한 벌
나 하나 챙기는 것도 이리 성가신데
하물며 아무리 자식이라 한들
그 정성이 어찌 하늘에 미치지 않았을까
이제나저제나
손꼽아 고대하는 마음은
날이 갈수록 점점 더 간절하기만 한데
남은 미련은 왜 그리도 많은지
애꿎은 하늘을 탓해보지만
책망인지 질책인지
떠나기 싫은 늦은 계절의 심술이
싫지만은 않은 까닭은 왜일까

초저녁 이른 하늘에 ★ 하나가 반짝이면

빈 소망

1부. 그 자리에 네가 있었으면 좋겠다

품 안의 위로

저 하늘을 바라고
두 팔 벌려 하늘을 안아보아라

네가 그리워하는 만큼
한없이 안타까워 아파하는
그 품 안의 온기를 느껴보아라

네 슬픔이
그에겐 더 큰 아픔이고
네 행복이
그에겐 더 큰 기쁨이란 걸 알게 될 거야

건널 수는 없지만
함께할 수 있다는 걸

저 하늘을 바라고
두 팔 벌려 하늘을 안아보아라

초저녁 이른 하늘에
별 하나가 반짝이면

2부

봄, 그리고 여름

봄, 거리

네가 걸었을 거리
네 눈에 담겼을 모습
너 없는 이 길을
약속도 없이 찾았다
어디선가 풍겨오는 듯한 네 향기
돌아보고
미소 짓는 쑥스러움
설레고 두근대는 너 없는 동행

따습지 않은 바람을 보니
너는 아직인 모양이다

봄, 거리

초저녁 이른 하늘에 ★ 하나가 반짝이면

2부. 봄, 그리고 여름

봄, 유희

꽃은
유혹하는 나비의 날갯짓에
못 이기는 척

나비는
꽃잎에 앉아
날개를 접고 꽃잎인 척

꽃이 살랑이는 건
봄바람 탓만은 아닐진대

눈치 없는 객꾼의 호기심에
애가 타는 건
나비일까 꽃일까

봄비, 낙화

초저녁 이른 하늘에 ★ 하나가 반짝이면

그대
먼발치에서
저를 외면하세요

기약 있는
기다림이라면
이별의 슬픔은
고통이 아니랍니다

맑은 날
맑은 바람에
돌아서서
매무새를 추스를 수 있도록

그대 부디
저를 외면하세요

2부. 봄, 그리고 여름

봄

너를 대하듯
하늘을 대하고

너를 맞이하듯
새봄을 맞으니

온 세상이
너의 향기로 가득하다

복사꽃 피는 봄이 오면

멈춘 듯 흐르고
흐르는 듯 멈추어 선
비우지 못한 사랑은
아직 마음 한가득인데
세상은 저만치 앞서 가고
여전히 우리는 그 자리에 멈추어 있다

간직한 것은 그리움 하나
더 무엇을 바라겠냐마는
섞일 수 없는 것들이
마음 하나에 공존한다

마음 가는 대로
발길 닿는 대로
복사꽃 피는 봄이 오면
그 자리에 네가 있었으면 좋겠다

2부. 봄, 그리고 여름

작별

목련은 피었는데
반길 이는 간데없네

떠나가는 겨울도
아쉬워 꽃샘을 부리는데
기척도 없이
무얼 그리 서둘러 떠났나요
때늦은 함박눈이
잊은
작별인사였나 봅니다

무심히도
봄은 다시 찾아오고
아는지 모르는지
기어이
목련은 다시 피어나네요

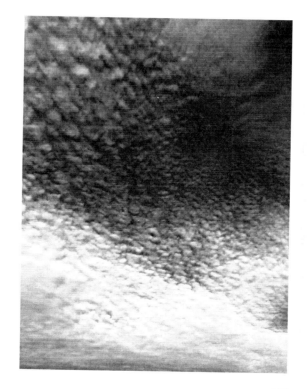

각별

2부. 봄, 그리고 여름

목련이 지면

내가
너를 아낀 것처럼
내가 떠나는 날에는
날 위해
하얀 옷 갈아입고
나를 배웅해 주려무나

아침 이슬
햇살의 무게에도
힘겨워 하던
꽃잎 한 장 한 장
손바닥 위에
꽃무덤 만들어 떠나보내고

우리 님
가시던 날에
서로 약속이라도 있었던 것처럼

초저녁 이른 하늘에 ★ 하나가 반짝이면

때늦은 함박눈 내리고
목련은 짙은 향기로 울었다

2부. 봄, 그리고 여름

꽃으로 살고 싶다

헌신과 희생이
기쁨이고 축복이란 걸
오로지 회개하고
또 회개해야 한다는 걸
스스로 알게 될 때까지

한없이 미약한 생명이
이 세상을 살아갈 수 있는
유일한 희망이
내 이웃을 사랑하는 것이란 걸
스스로 알게 될 때까지

꽃은
고통 속에서 피어나서
아름다움으로 세상에 빛을 주고
그들의 안타까움 속에서
사그라질 때까지

기쁨으로 눈을 감았으리라

그런 꽃으로 살고 싶다

2부. 봄, 그리고 여름

이들이 아름다운 건

새로운 탄생의 기운은
아마도 날 듯이 가볍고도 상쾌하였으리라
삶과 죽음이 교차하는 찰나의 순간이 지나면
육신의 고통에서 벗어난 정령들은
자유로이 허공으로 흩어져
자연의 품 안으로 스며들었으리라

봄을 시샘하는 살바람으로
저무는 가을이 아쉬워 소슬바람으로
그리움을 전하는 한 점 구름으로

이들이 아름다운 건

자연으로 돌아간 순백의 생명이
아마도 그들과 함께한 때문이리라

초저녁 이른 하늘에 ★ 하나가 반짝이면

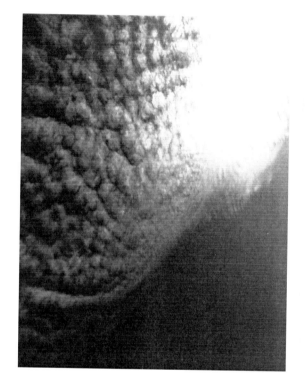

이들이 아름다운 건

2부. 봄, 그리고 여름

꽃이 피는 이유

내가 놓아야
네가 살 수 있기에
네가 살아야
내가 살 수 있기에

내가 피어
네게 기쁨을 줄 수 있다면
내가 시들어
네게 슬픔을 안긴다면

또다시
모진 이별을 맞는다 해도
기어이 살아남아
널 위해
또다시 꽃으로 피어나리

잊힌 듯 잊히지 않은

서늘한 기운은
한여름 더위를 무색케 하고
서먹했던 시간의 공간을 뛰어넘어
낯선 이방인의 모습으로
같은 자리에 섰다
훌쩍 뛰어넘은 세월임에도
처음 모습 그대로를 간직한 채
산마루를 지키는 산장은
꾹 다문 입으로 옛 친구를 맞았다

낡은 필름 속 장면이
파노라마처럼 펼쳐지고
스쳐 지나간 얼굴
먹먹하고 막막했던 지난 이야기들
잊힌 듯 잊히지 않은 채
굽이굽이 한계령 옛길을
작은 미소로 웃어 넘는다

2부. 봄, 그리고 여름

이렇게 그대가 그리운 날엔

이 그리움이
하늘에 닿아
그대에게 전해질 수 있다면
까맣게 타들은 마음이
잿빛으로 바랠 때까지
그대를 그리워할 테요

이 그리움이
그대에게 닿아
이 마음을 전할 수 있다면
파란 하늘엔
그대에게 띄우는 편지로 가득할 거요

그대여
이렇게 그리운 날엔
언덕에 올라
두 팔 벌려 그대를 맞으리니

그대여

불어오는 바람에

나를 실어 함께 데려가 주오

2부. 봄, 그리고 여름

구름꽃

이리도 그리운 걸 보면
그대는 필시
하나에서 갈라진
잃어버린 나의 반쪽이었으리라

그리움으로
절절히 아로새겨진 가슴엔
온통 그대의 존재로 가득한데
비울 수 없는 난
채울 수 없는 난

그대여

그대가 나의 하늘에
매일 꽃으로 피어 준다면
나는 매일 아침을
나의 꽃밭에서 그대를 찾을 것이오

구름꽃

2부. 봄, 그리고 여름

3부

가을

아시나요

내 마음속엔
기댈 수 있는 그대가 있어
기쁨이고 행복이란 걸
그대는 아시나요

그대의 온기는
계절을 스쳐 지나는 바람으로
때론 화사하고
때론 쓸쓸하게 한답니다

곱게 물들어가는 계절

그대는 벌써
가을빛으로 갈아입고
살포시 내 곁에 앉았네요

깊어 가는 가을밤에

어둠이 내리면
근심은 달빛에 녹아들고
새록새록 동심은 별빛으로 피어난다
깊어 가는 가을밤에
쉬이 잠들지 못하는 건
달빛 별빛 때문만은 아니리라

잊혀가는 이는 잊히는 대로
남아있는 이는 남겨진 대로
미소 뒤엔 아픔을 감추고
아파하면서 그리움을 품었다

이대로 이 밤이 지나고
무덤덤히 새벽을 맞이하기까지
얼마만큼 더 앓아내어야 하는지
휘영청 밝은 달빛 아래
가을밤은 깊어만 간다

3부. 가을

별이 진다

보내면 안 되는데
떠나면 안 되는데
떠날 수밖에 없는 너는
잡을 수 없는 나는
꼭 잡은 두 손엔 침묵이 흐르고
홀로 남는 건
떠나는 너일까
남겨질 나일까

네가 있어 좋았다고
네 곁에 있어 좋았다고
한 줄기 빛으로 석별을 아쉬워하며
별똥별이 떨어진다

별이 진다

낙엽이 지다

이별보다 서글픈 긴
서서히 잊혀 간다는 것

떠나기 싫어
붉게 단풍으로 물들어 가는
애처로운 가을날
닳고 닳아버린 여린 마음엔
잊혀 가는
잃고 싶지 않은 것들

죽음보다 두려운 건
기억에서 잊혀 소멸하는 것이리라

오늘 밤은 낯설지 않겠다

대답 없는 그리움에
온밤이 다 닳도록 서럽게 울고 또 울었다

귀뚤귀뚤 달이 뜬다고
귀뚤귀뚤 달이 진다고
혼자서는 외로워 함께 하자고
귀뚤귀뚤 귀뚤귀뚤

네가 없이도
오늘 밤은 낯설지 않겠다

저녁 바람

만산홍엽은
새색시 낯 붉히듯
붉은 단풍으로 유혹하는데
제아무리 목석인들
어찌 마음이 동하지 않으랴

가을아
눈 감아보아라
소리 없이 살랑이는 저녁 바람에
낙엽이 일거든
네 곁에 다녀간 줄 알아라

살아지더라

그대 없이도
살아지더라

그리워 목이 메어도
그대 없이
살아지더라

그대 곁이
살아가는 이유인데

그대 없이도
야속하게 살아지더라

살아지더라

3부. 가을

늑대의 꿈

채울 수 없는 목마름은
존재하지 않는 무지개를 좇아 헤매다가
끝내 마지막 퍼즐 조각을 맞추지 못하고
보름달이 뜨면 산마루에서 푸른 달빛으로 울었다
이룰 수 없는 소망이기에
닿을 수 없는 안타까움에
말라버린 눈망울엔 순치된 야수의 고독만이
남았다
마음껏 아파할 수 있었기에
마음껏 그리워할 수 있었기에
너 없이도 행복할 수 있었다

네가 그리운 날에
보름달이 비추는 어느 한적한 산마루에서
내 심장이 멈추고
그 마지막 잔영에 보름달이 담긴다면

미치 아무 일도 없었던 것처럼
그 아린 꿈에서 깨어나도 좋겠다

3부. 가을

너에게로 가는 길

이 거리
이 바닷가
네 눈에 담겼을
네 뺨을 스쳤을 바람

폐부 깊숙이 전해오는
너의 온기

시차를 넘어
혼자 걷는 가을

너 없이도 설레는
너에게로 가는 길

오늘에야
너의 하늘에 안긴다

초저녁 이른 하늘에 ★ 하나가 반짝이면

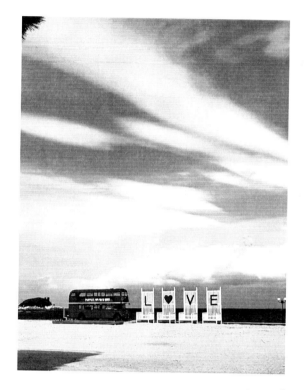

너에게로 가는 길

3부. 가을

작은 소망

네게 줄 수 있는 건
고작 작은 그리움 하나
그 작은 하나가 모여
네가 행복할 수만 있다면
그 작은 하나가 모여
이 마음에 평화가 온다면

푸른 초목도 쉬어가는 계절에
홀로 나뭇가지 끝에서
거두지 않을 열매로 남을지라도
그냥 이대로
너에게 나를 맡길 수밖에

낯선

이처럼 달빛이 서럽게 푸른 밤에는
너의 하늘에선 낯선 바다 내음이 묻어난다
시리도록 네가 그리워
일렁이는 파도는 잠들지 못하고
네가 없는 낯선 도시 낯선 얼굴들
옷깃을 스치는 바람마저 생경한데

여백을 채워 나가듯
완성되지 않은 그림 한편엔
아직도 밑그림으로만 남은 너의 빈자리
소원은 아직 요원하기만 한데
계절마저 낯선지 저만치 앞서 달아난다

같은 하늘 아래

이 그리움이
온전히 나의 것으로만 남기를
일렁이는 강물이 내 눈을 속일지라도
그대에게 전해지지 않길 바랄 뿐

이 그리움이
온전히 나의 것으로만 남기를
그대 두 눈에 비친 강물은
언제나 고요히 흐르는 모습이길 바랄 뿐

모든 죽어 가는 것들이
아름답게 비치는 계절에
안도할 수 있는 다음의 기적을 믿기에
슬퍼하지 않는다

같은 하늘 아래
마주하지 못할지언정

함께할 수 있기에

부디 안녕하길

부디 안녕하길

그대 그리움

모두가 떠나간 자리에
남겨진 것들

구름 한 점
마지막 잎새
빈 의자
그대가 떠오르는 순간들

초저녁 이른 하늘에
별 하나가 반짝이면

빈 종이 위에 첫 줄을 써내려가기까지
마음은 온통 그대 그리움으로 가득합니다

꽃으로 다시 피어나리

잎이 지고 나면
생명이 다하는 줄

그렇게 겨울을 앞두고
죽음을 준비한다

새봄이 오면
꽃으로 다시 피어나는 걸
알지도 못한 채

죽음을 앞둔 계절이라
이 늦은 가을은
이리도 쓸쓸한가 보다

전하지 못한 말

아무 일
없다는 듯
그냥 잘 지낸다고

괜찮지 않은데
더는 안 되는데
그냥 그렇다고

기다림의 끝은 어디인지
아직 전하지 못한 말이 남았는데
가을의 문턱에서 멈추어 선 너는

안 된다고
안 된다고
너 없인 안 된다고
입안에 맴도는데

초저녁 이른 하늘에 ★ 하나가 반짝이면

괜찮다고
괜찮다고
난 괜찮다고

순백의 생명으로

모든 죽어가는
가련한 생명들이여

선택받은 삶이 축복일지니
예정된 죽음 또한 축복이리라

삶과 죽음이
원점에서 다시 만나는 날에

순백의 생명으로
다시 돌아올 수 있도록
부디
지난 기억으로부터 자유롭게 하소서

초저녁 이른 하늘에 ★ 하나가 반짝이면

순백의 생명으로

3부. 가을

4부

겨울, 그리고…

눈이 내리다

눈이 내린다
그리움이 온다

그리움으로
가득 차버린 하늘에
그리움이 넘쳐
하얗게 눈이 내린다

하늘에서
그리움이 내린다

이렇게 눈이 내리는 날엔

두고 온 마음은
돌아올 기색도 없고
텅 빈 가슴엔 그리움만 쌓인다

마음에 담은 건
그대 그 모습인데
듣지도
보지도
알 수도 없으니

이렇게 눈이 내리는 날엔
멀리 하늘을 바라고
그저 그대를 그리워할밖에

참새가 그린 풍경화

양지바른 뒤뜰 한 귀퉁이에
옹기종기 모여 앉은
장독 한 가족
밤사이 내린
하얀 눈을 머리에 이고
서로가 끌어안았다

시샘하듯
머리 위엔
한 줄 새 발자국
풍경의 낙관을 찍었다

계절의 절정에서

이 겨울을 연민한 긴
그리움과 닮은 까닭인가

절정에 이른 계절엔
안도의 기다림이 있지만
알 수 없는 그리움의 끝은 어디인지

켜켜이 쌓이는 나이테처럼
그리움의 여정은 아득하기만 한데

처음처럼
그 마지막이 다르지 않은
그리움의 계절엔
넘어설 절정이 없다

처음, 새벽

흰 눈이 내리고
모두를 처음으로 되돌린 새벽
우리의 시계도 처음으로 돌아갔다
한 걸음 한 걸음
너를 향한 처음처럼

감출 수 없는
심장의 박동 소리가 귓전에 울리고
너의 미소를 따라 함께 걷는
흰 눈 내린 새벽
그리움도 아쉬움도 뒤로한 채
혼자 걷는 새벽의 동행

처음, 새벽

4부. 겨울, 그리고…

기다림의 행복

쌓인 낙엽들 아래로
계절을 잊은 듯한
초록의 생명들

이 겨울이 지나가면
봄이 돌아온다는 걸
믿기에
초록으로 버티어내는가 보다

봄을 기다리는
한겨울의 초록이
고통인지 행복인지는
알 수 없지만
희망이 있기에
그들에게는
행복한 고통이 아닐까?
누군가를 기다리는 것은

그리워한다는 것
그리움은 곧 행복입니다

초저녁 이른 하늘에 ★ 하나가 바짝이면

4부. 겨울, 그리고…

샛별 아래

별을 담은 눈망울이
하늘빛에 묻힐 때까지

다짐은
침묵의 약속처럼
그 모습 그대로
고이 간직한 채
너의
빈자리를 지키고 섰다

너와 함께라면

한 조각 구름으로
너의 하늘에 스미어
흔적 없이 소멸할 수 있다면

철 지난
마지막 잎새의 기억에도
너와 함께였기에 행복이었으리라

꾹꾹 눌러 쓴
한 구절을 전하고 싶어
물 흐르듯 고요히
이 밤이 너에게로 간다

내리사랑

사랑인지
욕심인지

순리인지
모순인지

받은 만큼 베풀고
행한 만큼 돌려받는

비켜갈 수 없는 천륜

속세

안 보면 보고 싶고
만나보면 실망하고
인간사 만물의 이치가 그러한데
다람쥐 쳇바퀴 돌 듯한 것은
아직도 아직인 게지
훌훌 털고 일어나
마음 둘 곳 찾아 떠나고 싶지만
어디인들 별다르겠나
죽은 듯 한세상 보내기가
이리도 성가신데

잘 버티어낸 건지
한계를 뛰어넘은 건지
속세를 벗어난
그들의 속내가 참으로 궁금하다

묻지 마오

묻지 마오 이 마음을

물 위를 떠가는 나뭇잎처럼
흘러가는 강물의 마음을
내 어찌 알 수가 있겠소

가다보면 언젠가는
머무를 날이 오지 않겠소

묻지 마오 이 마음을
나 역시도 알 수가 없다오

살아가는 핑계

남아야 하는지
따라야 하는지
모두가 떠나버린 자리엔
혼자 남은 침묵

그리워하는 건
남겨진 자의 몫
잊히지 않는 그리움은
상처보다 깊은 멍에

한낮의 따사로움이
마음 달래기엔 부족함이 없지만

떨쳐내지 못한 그리움은
그리움만큼이나 심이 질기다

탄생

꿈을 꾸었다

밝은 빛을 향해 나아가다가
한순간
깊이를 알 수 없는 허공으로 떨어졌다
허우적거려 보았지만
끝없는 나락으로 이어졌고
마침내
시간과 공간이 왜곡된
적막의 흐름 속으로 빨려 들어갔다

존재하는 건
스스로 살아있다는 느낌뿐
찰나였는지 억겁의 세월이었는지
암흑과 빛만이 공존하는 허공에서
기억조차도 모두 흩어져버렸다
가늠할 수도 없이 그렇게 허공을 떠돌다가

마치 멈추었던 시계가 다시 돌아가듯
부지불식간에

아무런 기억도 없이
처음처럼 깨어났다

탄생

데자뷰

모든 것을 운명에 맡긴 채
둥지를 박차고 몸을 던졌다
그리고는 두 눈을 감아버렸다

시간이 멈추어버린 듯
영원 같은 찰나의 자유는
엄습했던 공포마저도
시작의 저편에 남겨놓았다

비상을 위한 날갯짓은 준비하지 않았다
다만 감추어졌던 본능의 발아(發芽)였을 뿐

그런 첫 날갯짓은
낯설지 않은 처음처럼 익숙했다

데자뷰

4부. 겨울, 그리고…

백로

날개를 활짝 펴고
하늘 높이 날아보지만
마음 둘 곳 없어
빙빙 맴돌다가
지쳐 내려앉은 자리
성큼성큼 물 위를 걷다가
하늘 한번 올려보고
울부짖는 그리움의 노래
무슨 사연이 있는지
무슨 아픔이 있는지
날개깃에 머리를 묻고
그대로 망부석이 되어버린
외다리 백로

망각

시간
날짜
요일
달
해
.
.
.

스스로 채운 족쇄에 묶여
쫓기듯
살아가다 보니

어느새
세월은
저만치 앞서 갔더라

4부. 겨울, 그리고…

모순

바다는
아귀의 입으로
태양을 집어삼켜
어둠 속 깊이 낮을 숨기지만

새벽이 오면
어김없이
어둠을 뚫고 태양은 솟아오른다

소주 예찬

욕심만큼 채우고
채운 만큼 비워야 하는 술잔처럼

살아간다는 건
채우고 또 채우고
비우고 또 비우는 것

작은 소주잔만큼
작은 욕심을 채우고

소주 한잔으로
마음을 비운다

백 년 교정

함께 가꾸었던 꽃밭엔
코스모스 맨드라미 채송화
꽃보다 고운 얼굴들
코스모스 피는 가을이 오면
바람에 살랑살랑
친구야 반갑다고 손짓한다

노란 옥수수빵
아련한 풍금소리
금붕어가 살던 연못
우리들 가슴속에 묻혀있는
백 년 교정의 타임캡슐
내게도 그리운 시절이 있다는 걸
내게도 그리운 얼굴이 있다는 걸
소나무야 소나무야 너는 알고 있겠지

백 년을 아이들과 함께한

교정의 소나무는
반백의 친구를 아는지 모르는지
오늘도 홀로 푸르다

4부. 겨울, 그리고…

탈고

아쉬움을 떨쳐버리고
미련의 끈을 놓아버린
그 끝의 입맛은 씁쓸했다

하늘만 바라보며
낯선 거리를 걸었다
퍼렇게 녹슬어버린 심장
코끝으로 전해지는 쇳내
행복이었는지 고통이었는지
차 한잔의 시간처럼 지나가버린
혼자만의 축제

한바탕 휩쓸고 지나간 자리엔
아무런 흔적도 남아 있지 않았다